FICHA CATALOGRÁFICA

(Preparada na Editora)

M57m Michielin, Lauro, -
Meditações/Lauro Michielin. Araras, SP,
Araras, SP, IDE, 33ª Edição Revisada e Atualizada, 2014
128 p.
ISBN 978-85-7341-608-4
1. Espiritismo. 2. Mensagens. I.Título.

CDD-133

Índices para catálogo sistemático:
1. Espiritismo 133.9

Lauro Michielin
(JACQUES GARNIER)

Meditações

Inspiradas pelo Espírito de
Luigi Santi Campo

ide

ISBN 978-85-7341-608-4
33ª Edição Revisada e Atualizada
Março/2014

Copyright © 1977
Instituto de Difusão Espírita

Conselho Editorial:
Hércio Marcos Cintra Arantes
Doralice Scanavini Volk
Wilson Frungilo Júnior

Projeto Editorial:
Jairo Lorenzeti

Revisão de texto:
Mariana Frungilo

Diagramação:
Mariana Frungilo

Capa:
César França de Oliveira

INSTITUTO DE DIFUSÃO ESPÍRITA
Av. Otto Barreto, 1067 - Cx. Postal 110
CEP 13602-970 - Araras/SP - Brasil
Fone (19) 3543-2400
CNPJ 44.220.101/0001-43
Inscrição Estadual 182.010.405.118
www.ideeditora.com.br
editorial@ideeditora.com.br

Todos os direitos reservados. Nenhuma parte desta publicação pode ser reproduzida, armazenada ou transmitida, total ou parcialmente, por quaisquer métodos ou processos, sem autorização do detentor do copyright.

Lauro Michielin
(JACQUES GARNIER)

Meditações
*Inspiradas pelo Espírito de
Luigi Santi Campo*

ide

Sumário

Alternativas, 11
Agora ou depois, 13
Atitudes corretas, 15
Experimente observar, 19
Aumente sua alegria, 23
Recomendações, 25
Fraternidade, 27
Sempre é tempo, 29
Siga o seu caminho, 33
Cristianismo e farisaísmo, 35
Verifique, 39
Cuidado, 41
É bom, 43

O bom cristão deve ser, 47
Não..., 49
Seja..., 53
No caminho do progresso, 55
Em face dos deveres, 57
A força da verdade, 59
Agrada mais a Deus, 61
No tribunal do próprio "eu", 63
Se você, 65
Tudo passa, 67
Pondere bem, 69
Para que seu Espírito se fortaleça, 71
Atenção, 73
Procure a luz, 75
Não se esqueça, 77

Mesmo que, 79
Frequentemente, 81
Não seja como aquele, 83
Conselhos salutares, 85
Os mandamentos do cristão, 87
Aprenda com a natureza, 91
Trabalhar e progredir, 93
Instruções para o dia a dia, 95
O contágio espiritual, 97
É prudente, 99
Atualidades evangélicas, 101
Conclusões consoladoras, 103
Caminho, verdade e vida, 107
Quanto à crença, 111
Verdadeiro cristão é aquele que, 113
Esclarecimentos e agradecimentos, 115

Alternativas

SUA BONDADE CONQUISTARÁ A simpatia dos irmãos.

Sua maldade o distanciará de seus semelhantes.

Sua calma o conduzirá à tranquilidade que você espalhou ao seu redor.

Sua irritação lhe trará a ansiedade que você mesmo semeou em seu caminho.

Sua dedicação lhe proporcionará o amparo dos amigos dedicados.

Sua indiferença lhe acarretará a desatenção dos que o rodeiam.

Sua virtude o envolverá em paz de espírito.
Seus desregramentos o levarão à estrada do desequilíbrio.

Seu entusiasmo estimulará o otimismo dos companheiros de jornada.
Seu pessimismo o arrastará aos abismos do desânimo.

Sua caridade chamará, em seu auxílio, as bênçãos dos Planos Superiores.
Sua dureza atrairá, para sua vida, as sombras inferiores do egoísmo e do desprezo.

Seu amor cristão semeará o amor divino.
Seu ódio o ligará à influência negativa.

Tudo o que você fizer, encontrará em seu caminho.

Porque, no Campo Fecundo da Vida, cada qual somente colherá de acordo com a semente que plantou.

Agora ou depois

O ORGULHO ATRAIRÁ A HUMILHAÇÃO.
A gula produzirá a fome.
O ciúme provocará o desprezo.
A inveja retardará a ascensão na espiritualidade.
O ódio endurecerá o coração.
A ira provocará a injustiça.
A avareza conduzirá à miséria.
A luxúria destruirá o amor.
O egoísmo eliminará a amizade.
O vício conduzirá ao crime.
A maledicência cancelará a alegria de viver.

O desespero gerará novos dissabores.
A intriga prejudicará o intrigante.
A mentira levará à desconfiança.

Toda e qualquer maldade prejudicará, diretamente, aquele que a praticou, nesta ou em outras existências, porque a Justiça de Deus é irrevogável para todos.

Atitudes corretas

QUANDO O COMPANHEIRO DE jornada o critica injustamente,

continue laborando em suas tarefas de fraternidade cristã, porque o tempo se encarregará de demonstrar os verdadeiros princípios da Justiça Divina.

Quando o irmão o calunia maldosamente,

peça ao Pai que o ilumine, a fim de que sua prece possa clarear a visão daqueles que, tendo olhos, não enxergam.

Quando o amigo o ofende amargamente,

perdoe; muitas vezes, a ofensa é uma simples irritação proveniente das tarefas cotidianas daquele que o magoou.

Quando o próximo o fere sem motivos, não revide a agressão, pois sua serenidade acalmará facilmente aquele que ofende por culposa ignorância.

Quando o vizinho o incomoda com atitudes inconvenientes e ruidosas, tolere, pacientemente, suas cansativas impertinências, pois a obstinação contra o cansaço fortalecerá o seu espírito.

Quando o colega o despreza gratuitamente, imponha a sua amabilidade, criando o ambiente necessário à neutralização dos fluidos perniciosos.

Quando o confrade o prejudica em sua leviandade invigilante, cultive seus sentimentos de fraternidade cristã, e a vitória lhe sorrirá.

Quando todos o perseguirem injustamente, em nome da Justiça Humana, olvidando os verdadeiros sentimentos da caridade cristã, lembre-se de que os homens tudo poderão contra a matéria, nada fazendo, entretanto, contra o Espírito imortal.

Experimente observar

DE NADA ADIANTA VOCÊ FICAR muito tempo pensativo diante do muito por fazer.

Comece a trabalhar agora mesmo, e o que era muito, em breve, irá se transformar em pouco.

Não se irrite se os outros riem perto de você.

Muitas vezes, o gracejo é feliz e, se você o tivesse ouvido, certamente, também riria.

Não perca seu bom humor.

Não permita que os aborrecimentos contaminem sua vida.

Não se entristeça por muito tempo. Muitas vezes, nós nos agastamos por coisas que amanhã nos parecerão de pouca monta.

Não se desiluda com os contratempos da Vida. Nada é tão terrível como o receio de lutar.

Não se julgue o mais infeliz entre os outros. Muita gente sofre em segredo e, talvez, muito mais que você.

Não se desespere pelo insucesso de hoje. Lembre-se de que você já passou várias vezes por dificuldades semelhantes.

Procure, nas pequenas coisas, um motivo de estímulo.

Quase sempre, o que julgamos um desastre fatal, não passa de mais um capítulo do livro luminoso da Vida.

Aumente sua alegria

PAGANDO O ÓDIO COM O AMOR.

Sofrendo com humildade a ingratidão dos outros.

Tratando com docilidade e com respeito os que estão sob sua dependência.

Sorrindo sempre, mesmo nos momentos em que a dor o visita.

Não guardando ressentimentos no coração e no trato para com aqueles que o ofenderam algum dia.

Estimulando todos os que trabalham e necessitam de seu apoio.

Amparando aqueles que vivem ao léu, sem lar e sem amigos.

Aconselhando, sem julgar, aqueles que cometeram graves erros.

Educando com humildade os que vivem nos caminhos da ignorância.

Saneando os lugares insalubres que se acham sob sua responsabilidade.

Protegendo os animais que perambulam, maltratados.

Porque, quando ajudamos e construímos nas tarefas da fraternidade cristã, ainda que nossos pés caminhem sobre espinhos, nosso coração exulta na alegria de servir.

Recomendações

SE O SEU INTERLOCUTOR DISCUTE calorosamente, lembre-se de que o seu silêncio poderá transformar-se no mais eficiente extintor da discussão sem base.

Se há má fé em seu amigo, lembre-se de que o seu bom ânimo poderá neutralizar a maldade.

Se o caminho lhe parece demasiado longo, em vez de fitar a distância a percorrer, examine as belezas da paisagem.

Se todos o acusam sem razão, confie no tempo, que certamente se incumbirá do devido esclarecimento.

Se ninguém o compreende, torne-se

mais claro na exposição de seus motivos. É possível que você não tenha sido muito preciso nas suas explicações.

Se aqueles que dependem das suas instruções não trabalham quanto era de se esperar, dê o exemplo, trabalhando com mais entusiasmo à frente da tarefa.

Se os outros o contradizem, não se importe com a opinião alheia. Lembre-se de que muita gente discute sem avaliar o mérito da causa.

Se muitos o criticam injustamente em seus afazeres cristãos, não se amarre às observações das críticas gratuitas. Muita gente critica para preencher o tempo que deveria consumir no cumprimento dos deveres sociais.

Lembre-se de que, para nós, imperioso não é o que os outros façam ou deixem de fazer, mas o que fazemos diante da Vida, porque, quando chegar a hora inevitável do retorno ao Mundo Maior, cada um responderá por si mesmo.

Fraternidade

Quando o irmão o magoa,
Seja compassivo.

Quando tramam contra os seus interesses,
Mantenha a boa fé.

Quando algo de novo lhe aparece aos olhos,
Examine sem prevenções.

Quando há incompreensões nas palavras,

Procure ser agradável.

Quando a indignação eleva a voz de todos,
Cultive a serenidade.

Quando o desespero o visita,
Não espalhe, aos outros, o seu mau humor.

Quando alguém sofre ao seu lado,
Não poupe os seus sacrifícios, socorrendo os que necessitam.

Não faça distinção entre as pessoas,
Viva sempre fraternalmente.

Quando alguém chora ao seu lado,
Empregue os seus recursos consoladores.

Somente assim, compreendendo e servindo, poderemos contribuir para que a fraternidade se efetive entre os homens.

Sempre é tempo

Não se demore lamentando as oportunidades perdidas.

Trabalhe, enquanto é tempo, aproveitando o momento que passa.

Não perca tempo lamentando o erro.

Corrija os seus desajustamentos, prevenindo seu espírito para as lutas do porvir.

Deixe aos outros as discussões estéreis.

Empregue bem o seu tempo.

Não se aborreça com o incrédulo que discute.

O bom exemplo é a linguagem mais emocionante quando se procura convencer.

Receba a desventura sem reclamações. Muitas vezes, o sofrimento que o visita é o cinzel do Alto que o elevará.

Não se irrite com a inexperiência alheia.

Todos nós passamos pelos mesmos caminhos.

Debite ao passado os seus fracassos de hoje.

Pense mais no momento presente, que passa rápido, transformando-se depois nas experiências que beneficiarão o seu futuro.

Sempre é tempo para retificar caminhos e atitudes.

Enquanto você pode, e como pode, procure reorientar os próprios passos, porque, se viemos ao mundo para progredir, nunca é tarde para recomeçar.

Siga o seu caminho

Se a perturbação o visita,
Solicite a proteção divina.

Se a discórdia o atraiçoa,
Peça paciência Àquele que se deixou imolar para nos dar um roteiro.

Se a dor o assaltou,
Cuide de sublimar seus sentimentos, transformando as suas energias inferiores.

Se a maldade o persegue,
Rogue a Jesus para que se abrande o coração dos maus.

Se o céu se obscurece em seu horizonte,

Ore ao Pai para que se faça luz.

Se a sua vida vai mal,

Caminhe com segurança.

Mesmo que o mundo inteiro se oponha aos seus esforços,

Tenha fé em Deus e siga o seu caminho.

Cristianismo e Farisaísmo

CRISTIANISMO É ABNEGAÇÃO
Farisaísmo é prepotência

Cristianismo é renúncia
Farisaísmo é egoísmo

Cristianismo é humildade
Farisaísmo é orgulho

Cristianismo é simplicidade
Farisaísmo é complicação

Cristianismo é paciência
Farisaísmo é irritação

Cristianismo é tolerância
Farisaísmo é intransigência

Cristianismo é compreensão
Farisaísmo é desespero

Cristianismo é desprendimento
Farisaísmo é ambição

Cristianismo é o trabalho incessante e construtivo.
Farisaísmo é a atitude do crítico que tudo censura.

Cristianismo é amor
Farisaísmo é vaidade

Cristianismo é sentimento
Farisaísmo é exterioridade

Cristianismo é recolhimento
Farisaísmo é estardalhaço

Cristianismo é sinceridade

Farisaísmo é hipocrisia.

Estes são os sinais característicos da Luz e da treva.

Facilmente, cada um poderá medir, a qualquer tempo, quanto tem de fariseu ou de cristão.

Verifique

A VIDA SEMPRE TEVE OS seus problemas.

Ser feliz ou infeliz depende sempre de como você os costuma encarar.

As dificuldades se acham espalhadas no caminho de todos.

O êxito nas tarefas a que você se propôs depende da persistência com que estão sendo levados avante os seus empreendimentos.

Todos os sonhos se tornam fugazes com o tempo.

Somente se realiza alguma coisa quando se trabalha muito e se fala pouco.

Tudo na Vida pede trabalho.

O seu esforço, contudo, tem o condão de realizar uma grande parte daquilo que você projetou para o futuro.

Você sempre deve idealizar as coisas.

Porém, é preciso muito empenho a fim de que os seus ideais não permaneçam no setor da fantasia.

Cuidado

NÃO VIVA APENAS PARA O PRESENTE.

O que você semear hoje, amanhã terá para colher.

Não se aprisione em busca do que é transitório.

A felicidade passageira pouco reflete nos horizontes infinitos da existência.

Não faça dos sentidos o escopo de sua vida.

A matéria é limitada e não responderá, mais tarde, pelos desvios de seu Espírito.

Não se apegue aos bens materiais.
Dinheiro é um bem transitório que poderá comprometê-lo se você não souber empregá-lo convenientemente.

Não busque, nas tentações da carne, o alimento do Espírito.
Quem anda sobre o lodo se contamina com a lama.

Não se prenda aos atrativos dos planos inferiores.
A ave que se habitua com a paisagem rasteira perde o gosto pela altura.

Não persevere no erro.
Aquele que se entrega à prática do mal, a ele se aprisionará.

"Orai e vigiai", recomendou Jesus aos discípulos que o acompanhavam no Monte das Oliveiras.
A vigilância nos mostra os perigos.
A oração nos ajuda a superá-los.

É bom

SABER BASTANTE,
Mas não se orgulhe do pouco que você sabe; maior ainda é a sua ignorância do que a sua sabedoria.

Ser delicado e amável,
Mas não se faça hipócrita a pretexto de amizade.

Ser tolerante com as pessoas que ainda não aprenderam o que é o certo,
Mas, alegando tolerância, não pactue com o erro.

Ser firme nas decisões,

Mas não abuse de seu personalismo, tentando impor aos outros seus caprichos pessoais.

Doutrinar falando em assembleias,

Mas não se esqueça de pôr em ação tudo aquilo que você recomenda aos outros.

Ser caridoso com o próximo,

Mas não se vanglorie da prática da caridade, porque aquele que se engrandece com as glórias materiais tem, aqui na Terra, o seu salário.

Ser honesto aos olhos dos homens,

Mas não se esqueça de cooperar nos momentos em que ninguém o vê.

Estudar a Vida nos Planos mais elevados,

Mas não olvide seus compromissos diante do plano em que se desenvolvem suas atividades atuais.

Nossas atitudes, diante da Vida, serão sempre boas, quando estiverem alicerçadas nos princípios da moral cristã, que nos ensina a simplicidade e o trabalho, a tolerância e a compreensão, para o equilíbrio do que sabemos e do que podemos.

O bom cristão deve ser

CRENTE, SEM SER FANÁTICO.
Econômico, sem ser mesquinho.
Tolerante, sem ser fingido.
Franco, sem ser cruel.
Ativo, sem ser exigente.
Caridoso, sem ser exibido.
Trabalhador, sem se tornar mecanizado.
Atencioso, sem ser inconveniente.
Ilustrado, sem ser vaidoso.
Alegre, sem ser ridículo.
Criterioso, sem ser escravo das convenções inúteis.

Sistemático, sem ser rotineiro.
Ponderado, sem ser teimoso.
Firme nas decisões, sem ser radical.
Otimista, sem ser tolo.
Amável, sem ser falso.
Resignado, sem ser fatalista.
Paciente, sem ser inativo.
Simples, sem ser acanhado.

Porque, em todos os setores da Vida, temos que inspirar nossas ações no Divino Modelo do Mestre, sem nos esquecermos de que o exemplo amorável do Cristo repousa no sublime equilíbrio da Perfeição Infinita.

Não...

NÃO SE IMPACIENTE COM O SOFRIMENTO. Terminada a causa, cessará o efeito.

Não se inquiete pelo dia de amanhã. A experiência terrena é um rápido minuto no relógio da eternidade.

Não lamente a dor. A paciência suaviza, e o tempo cura a enfermidade.

Não aponte o próximo que erra.

A maledicência aumentará suas dificuldades.

Não deplore a pobreza.
É por meio das provações que se encontra a Luz Divina.

Não inveje a riqueza dos outros.
Muitos dos ricos de hoje serão os pobres de amanhã.

Não procure acumular o que você não conseguirá distribuir.
Muito será pedido a quem muito tiver sido dado.

Não maldiga o sofrimento.
Os que choram serão consolados.

Não se impaciente com a ingratidão.
Os que têm sede e fome de Justiça serão saciados no Plano Divino.

Não se atormente com a injúria.

Quando o perseguirem e criticarem todos os seus esforços por causa da doutrina do Cristo, grande será, no Céu, a sua recompensa.

Seja...

Bom,
Que a sua bondade lhe trará compensação.

Humilde,
Que a sua humildade lhe trará a paz necessária ao seu espírito.

Justo,
Que a sua justiça lhe trará harmonia.

Limpo,
Que a sua limpeza física ou moral lhe trará a saúde do corpo e do espírito.

Sóbrio,
Que a sua sobriedade lhe trará o equilíbrio.

Manso,
Que a sua mansuetude lhe trará alegria.

Fiel,
Que a sua dedicação lhe trará a confiança alheia.

Alegre,
Que a sua alegria lhe trará ventura.

Reto,
Que a sua retidão lhe trará prosperidade.

Seja sempre dedicado em seus esforços, procurando pautar sua conduta dentro dos princípios do Evangelho do Mestre, pois aquele que segue o Cristo, tem, no seu roteiro, a meta segura do Caminho da Vida e da Verdade.

No caminho do progresso

CONSTRÓI MELHOR PARA A ETERNIDADE aquele que edifica suas obras sobre uma base de tolerância e boa vontade.

A evolução é mais segura quando se alicerçam as experiências humanas num lastro de labor. Pouco importa toda a sabedoria do mundo se dentro de você falta a âncora das boas ações.

Ninguém prestará contas no tribunal da própria consciência por tudo o que sabe ou deixou de aprender. Entretanto, ninguém se eximirá da prestação de contas pelo que fez ou deixou de realizar.

Quantos alardeiam tanto o próprio trabalho, esquecidos de que o melhor salário, na vida espiritual, caberá ao que batalhar resignadamente, em silêncio, longe das lisonjas do mundo material.

A dor pode ser um aguilhão incompatível com a felicidade terrestre que almejamos. Mas, sem ela, o progresso espiritual não teria grande impulso.

A caridade é a mola evolutiva da Humanidade. Entretanto, o egoísmo cego é a causa da confusão que nos envolve no presente.

A alegria indébita, a riqueza abundante e a volúpia do poder são os grandes atrativos do Planeta. Pouca gente, porém, recorda-se das palavras de Jesus: Haverá últimos que serão primeiros e primeiros que serão os últimos.

Em face dos deveres

NÃO SEJA INFLEXÍVEL. HÁ PESSOAS que muito olham e, no entanto, nada enxergam.

Conserve sua visão sadia, porque os olhos são as janelas da alma. Nada valem, entretanto, os olhos materiais se as trevas envolverem seu Espírito.

Não se deixe arrastar pelas sutilezas da Vida. O Evangelho é o clímax da caminhada evolutiva; tudo o que estiver fora dele, por mais atrativo que seja, não pode interessar ao seu Espírito.

A dialética acadêmica não conduz à

Perfeição. Se você trabalha para o seu progresso evolutivo, procure o exemplo do Cristo carregando a sua cruz.

Mais vale ser bom sem saber o que é bondade do que conhecer todas as definições da virtude e deixar de praticá-la.

Não perca seu precioso tempo colecionando os tesouros do mundo. Cada vida terrena representa apenas um minuto no relógio da eternidade.

Os desejos corporais provocam grandes ilusões. Entretanto, para a elevação de seu Espírito, a cada falta será imposta a respectiva expiação.

A comodidade e o conforto fazem bem aos seus sentidos. Porém, enquanto o sofrimento campear pelo Planeta, ninguém atingirá a perfeição, sem operosidade e renúncia .

A força da verdade

TUDO É PROVISÓRIO AQUI NO MUNDO.
Só a Verdade permanece vencendo as restrições do Tempo.
Os sentidos enganam, e a razão endurece.
A verdade, porém, conserva-se sempre a mesma.
A novidade passa quando a curiosidade cessa.
A Verdade, todavia, continua eternamente.
A sabedoria humana é falível, e limitados são os conhecimentos temporais.
A Verdade, entretanto, é infalível e não

se limita às contingências das impressões pessoais.

Os preconceitos, frequentemente, destroem-se.

A Verdade pode ser torcida temporariamente, mas não pode ser modificada.

A intransigência acaba cedendo ao final de algumas reencarnações.

A Verdade se conserva indene durante toda a eternidade.

Agrada mais a *Deus*

O HUMILDE QUE O SERVE com bondade, que o orgulhoso que vive para si mesmo.

O progressista e trabalhador, que o ocioso e desregrado.

O pecador caridoso, que o puritano hipócrita e cruel.

A cooperação do incrédulo que trabalha para o bem da sociedade, que a teoria do doutrinador que não sai do terreno filosófico.

O ignorante bom, que o cientista mau.

O anonimato honesto, que a notoriedade imoral.

A amizade sincera, que a camaradagem fingida.

O trabalho humilde do operário simples, que a luta insana do capitalista sem escrúpulos.

A dedicação do materialista caridoso, que a indiferença do cristão empedernido.

Pouco valem os títulos que carregamos, os bens de que dispomos e a virtude que aparentamos. Diante de Deus, nossas testemunhas são as nossas obras.

No tribunal do próprio "eu"

NINGUÉM SERÁ REJEITADO PELO pouco que conseguiu saber no setor da inteligência, mas ninguém se eximirá de culpa pela ingratidão que praticou ao companheiro.

Ninguém sofrerá qualquer vexame no Espaço por ter sido dos últimos na Terra, mas muito chorará, sem os recursos do consolo, aquele que prejudicou os outros na ânsia cega de tentar subir.

Ninguém será repudiado por ter vi-

vido para os outros, atendendo aos imperativos da prática da caridade cristã,

    mas ninguém escapará à Justiça Divina pela negligência, que pôs em risco a tranquilidade do próximo.

Ninguém se arrependerá, em qualquer momento, por ter praticado a virtude,

    mas muitos sofrerão o peso do remorso, por terem se entregado desenfreadamente aos prazeres das paixões terrenas.

Ninguém será perturbado pela tranquilidade que conquistou à custa de amor e serviço,

    mas muitos, por longo tempo, terão que suportar as consequências desastrosas do ódio que fermentaram entre os irmãos.

Se você

AMAR O QUE O ODEIA,

Estimar o que o despreza,

Prezar o que o evita,

Amparar o que o maltrata,

Elogiar o que o desfaz,

Abraçar o que o trai,

For sincero ao que o ilude,

Der ao que o assalta,

Bendizer o que o difama,

Perdoar o que o calunia,

Ignorar o que o injuria,

Sofrerá muito no Plano Terreno, mas construirá com o seu sacrifício as bases sólidas de seu futuro na Vida Eterna.

Tudo passa

A DOR É LIMITADA.

O medo é passageiro.

A posse é temporária.

Cada vida humana é um capítulo a mais no livro da Vida.

O conhecimento humano ainda é diminuto.

A fome se desfaz com o alimento.

A sede se elimina com a água.

Os píncaros são atingidos, escaladas as altitudes.

O sofrimento morre quando volta a **alegria.**

A tristeza passa ao contato do prazer.

A luta se acaba, atingido o objetivo.

A inferioridade cede terreno, conquistada a elevação.

O ódio se aniquila com o amor.

Somente a cooperação e o trabalho nos concederão a sabedoria suprema e a felicidade de que necessita o Espírito para a sua evolução na jornada do Infinito.

Pondere bem

As GLÓRIAS PASSAM COMO O vento alígero.

O trabalho permanece como a rocha firme.

Os prazeres materiais são voláteis como o éter.

A espiritualidade é duradoura como a Vida.

Os bens terrenos são transitórios como as flores de um dia.

As virtudes são eternas como a grandiosidade do Infinito.

O ódio é temporário e passageiro.

O amor constrói solidamente para um futuro indefinível.

A contenda aborrece o Espírito.

A paz resulta em felicidade imorredoura.

O bem gera as alegrias da caridade cristã.

O mal produz o sofrimento e a incompreensão.

A ambição produz frutos temporários.

O desprendimento gera construções indestrutíveis.

A popularidade se desinteressa com a morte.

A humildade frutifica na outra vida.

Para que seu Espírito se fortaleça

Auxilie sempre.

Ajude sem pedir compensação.

Ame sem indagar se lhe retribuem amor.

Nada tema.

Viva sempre alegre.

Trabalhe sem cessar.

Ore e vigie.

Coopere em todas as situações que reclamam seu concurso.

Aja sempre com humildade.

Faça da sinceridade o seu escudo.

Seja otimista diante do infortúnio.

Ouça a voz de seus mentores que tangem as fibras de seus sentimentos.

Ensine aos que necessitam de luz.

Lute contra as suas imperfeições.

Sofra com paciência os revezes da Vida.

Não se esqueça de que a alegria ou o sofrimento chegam até nós para que aprendamos os seus valores.

Tenha sempre por escopo a fé inabalável na Providência Divina. Deus sabe tudo de que necessitamos e não nos desampara nunca.

Atenção

Seja estudioso e dedicado nas coisas da inteligência, sem olvidar os compromissos da fraternidade cristã.

De nada lhe valerá saber de cor todos os textos sagrados se lhe faltar amor na prática da Vida.

Seja trabalhador incansável nos deveres de cada dia.

Entretanto, a pretexto de serviço, não se descuide de assistir aos que reclamam seu auxílio.

Procure melhorar as suas aptidões.

Não se deixe, porém, arrebatar pela vaidade.

Cuide de conhecer tudo o que puder, enriquecendo a sua inteligência.

Contudo, em nome da Verdade, não se detenha nas sutilezas das coisas, desprezando os mais elementares princípios da fraternidade.

Procure a Verdade em si mesmo.

Não se esqueça, porém, de que a cooperação é indispensável na gloriosa caminhada da Vida.

Procure encontrar tudo de que precisa para a sua evolução.

No entanto, não se torne egoísta.

Compartilhe o seu conhecimento com humildade para que todos também possam se beneficiar.

Procure a luz

FUJA DA DISCUSSÃO, ainda que a Verdade se mantenha do seu lado,

Lembre-se de que Jesus usou o tempo em favor do trabalho.

Evite a confusão em torno das sutilezas doutrinárias,

Lembre-se de que no amor a Deus e ao próximo estão toda a Lei e os profetas.

Deixe de lado o desespero, mesmo quando tudo se destrói à sua vista,

Lembre-se de que a alegria é um bálsamo suave, que gera estímulo e entusiasmo.

Seja modesto em suas atitudes,
Lembre-se de que as certezas humanas, por mais absolutas que pareçam ser, estão sempre condicionadas às nossas limitações.

Não fale a esmo,
Lembre-se de que quem fala sem pensar, muitas vezes se arrepende do que diz.

Assista os desconhecidos que sofrem,
Lembre-se de que qualquer desconhecido é nosso irmão.

Não se esqueça

DE QUE O TEMPO TUDO RESOLVE.

De que o que hoje parece escuro e sombrio será claro e alegre no horizonte do dia seguinte.

De que a treva valoriza a luz.

De que a dor é o pedestal da alegria.

De que o trabalho é o mecanismo do progresso.

De que a ingratidão, sofrida resignadamente, conduzirá à felicidade futura.

De que o mal que lhe fizerem não o diminuirá diante da Luz do Alto.

De que o sofrimento é a chave da purificação.

De que cada dia que passa mais aumenta sua responsabilidade e a sua bagagem evolutiva.

Mesmo que

TUDO SE OBSCUREÇA ao teu redor,

Ilumina-te na prece.

Tudo se desmorone ao teu lado,

Fortalece-te na prece.

Todos se desanimem diante das lutas da Vida,

Encoraja-te na prece.

Todos estejam contra ti,

Orienta-te na prece.

Tudo te parece entorpecer os passos,
Caminha com a prece.

Todos se afastem de ti,
Aproxima-te de Deus através da prece.

Todos se irritem,
Conserva tua calma na prece.

Todos te maltratem,
Cultiva a tua paciência na prece.

Todas as esperanças se desfaçam diante de teus olhos,
 Não te deixes desesperar, busca a esperança na prece.

Ainda que tudo te contradiga sem razão, conserva na prece a tua serenidade, pois Deus está sempre contigo.

Frequentemente

DIZEMOS AOS OUTROS O QUE devem fazer
E não cumprimos os nossos deveres.

Observamos as faltas alheias
E ignoramos as nossas próprias fraquezas.

Comentamos, descaridosamente, a negligência dos amigos
E vivemos imprudentemente.

Elogiamos o bem
E fazemos o mal.

Pedimos paz aos Céus
E semeamos a confusão na Terra.

Queremos a atenção do próximo
E não atendemos aos interesses dos outros.

Exigimos o amor e o sacrifício dos demais.
E vivemos perdidamente no mais cego comodismo.

Impomos a nossa vontade
E não observamos os desejos dos outros irmãos.

Entretanto, um dos grandes mentores espirituais da atualidade já nos preveniu diversas vezes que ser cristão é, antes de tudo, procurar o próprio progresso espiritual no aproveitamento das lições fecundas que, quase sempre, permanecem no setor da teoria.

Não seja como aquele

QUE FALA DOS DEFEITOS alheios...
E não enxerga os próprios vícios.

Que vê o argueiro no olho do próximo...
E não enxerga a trave que lhe tapa a vista.

Que aponta, aos outros, a porta estreita da renúncia...
E caminha pela porta larga dos vícios e prazeres.

Que gosta de orientar os outros...

E não tem lume para iluminar os próprios passos.

Que quer que os outros o amem a pretexto do mandamento do Mestre...
E desdenha seus irmãos.

Que fala em paz e felicidade...
E semeia a dor e a confusão.

Que prega a cooperação e a harmonia...
E vive espalhando a cizânia e a intriga.

Que fala do trigo...
E age como o joio.

Que ensina o cristianismo...
Mas não o segue.

Porque os Doutores da Lei, os Escribas e os Fariseus também faziam assim e foram repreendidos pelo Cristo, por não agirem de acordo com aquilo que pregavam para os outros.

Conselhos salutares

Não se apaixone demasiadamente por coisa alguma.

O apego excessivo o arrasta aos perigos dos planos inferiores.

No meio da confusão,
Mantenha a sua serenidade.

Havendo trevas ao seu lado,
Acenda a sua luz.

Quando a dor o assalta,
Transforme seus sentimentos em bênçãos de paz e harmonia.

Não aumente seu próprio sofrimento,
Criando situações artificiais em seu caminho.

Tenha sempre desenvoltura em seu raciocínio e em suas resoluções.

A dúvida entorpece a inteligência.

Não se ponha em evidência pelo simples prazer de se salientar.

Todavia, não fuja aos deveres de cooperação e trabalho a pretexto de humildade cristã.

Não seja retrógrado e insensato.

Porém, não se deixe levar pelo fanatismo a ponto de se esquecer dos preceitos e dos sentimentos da fraternidade humana.

Os mandamentos do cristão

AME A TUDO E A TODOS, espalhando harmonia junto àqueles que vivem em sua proximidade.

Trabalhe sem cessar, porém, guarde o repouso necessário para a preservação da sua saúde.

Devolva, aos seus progenitores, o mesmo amor, respeito e dedicação, que eles lhe deram nas fases de sua infância.

Construa sempre que puder e evite a destruição de tudo o que possa vir a ser útil.

Não faça do sensualismo o objetivo de sua vida; todo o excesso prejudica o justo entendimento das coisas espirituais.

Respeite a propriedade alheia para que os outros respeitem aquilo que lhe pertencer.

Fale pouco e somente o necessário. A maledicência é filha do muito falar levianamente.

Seja sincero em suas amizades.

Respeite a mulher de seu irmão, e a moral se elevará com você.

Seja simples e despretensioso, evitando cobiçar o que não lhe pertence.

Se ainda assim, todos o acusarem injustamente, não se entristeça, porque o seu exemplo não foi em vão.

Aprenda com a natureza

SER TRABALHADOR E CONSTANTE como a abelha.

Ser manso como a pomba e prudente como a serpente.

Ser persistente como o dia e a noite.

Ser fiel como o cão.

Ser simples como a aurora.

Ser doce como o mel.

Ser paciente como o Tempo.

Ser grande como o Universo.

Ser altaneiro como o condor e simples como as flores.

Ser modesto como a ostra, que oculta a pérola no seu interior.

Ser limpo como o arminho que se entrega aos caçadores, mas não entra pelo lodaçal que o suja.

Trabalhar e progredir

O TRABALHO É A ALAVANCA do progresso,

Porém, alegando a necessidade do trabalho, não abandone os que frequentam o seu convívio.

Trabalhe incessantemente,

Todavia, a pretexto de eficiência não sacrifique seus irmãos.

Viver é trabalhar,

Porém, viva com alegria para que o trabalho não se torne um instrumento de tortura.

Aprenda a amar o trabalho,

Pois quem muito trabalha, pouco tempo tem para entregar-se ao mal.

Faça das pequenas coisas um instrumento de ascensão.

Trabalhe ensinando,

O bom exemplo é a linguagem mais expressiva quando se trata da Escola da Vida.

Instruções para o dia a dia

MOSTRE-SE SEMPRE ALEGRE e de bom humor quando em companhia dos amigos.

A ninguém poderá interessar o mau funcionamento de seu organismo.

Anime sempre o próximo quanto aos planos traçados para o futuro.

Grandes acontecimentos se deram no mundo em virtude de um pequeno impulso inicial.

Afaste sempre o pessimismo da sua esfera mental.

O otimista vive da mesma forma que você e experimenta mais as alegrias do entusiasmo.

Não faça os outros esperarem inutilmente.

Se o seu tempo é valioso, o dos demais também o é.

Interesse-se sempre pelo que o interlocutor demonstra apreciar.

Uma conversa indiferente se torna monótona e triste.

Não tome, sem motivo, o tempo dos que trabalham.

Se você pode entregar-se ao ócio, os outros provavelmente não o podem.

O contágio espiritual

SUA ALEGRIA CONTAGIARÁ seu próximo e tudo sorrirá à sua frente.

Seu pessimismo fará com que todos vejam pelo mesmo prisma ruim que você edificou em seu caminho.

Sua tolerância trará paz aos que compartilham sua amizade e você se sentirá tranquilo.

Sua bondade fará com que todos lhe queiram bem, consagrando-lhe a estima que você deseja usufruir.

Sua simplicidade resolverá com rapidez os mais difíceis problemas de sua vida.

Seu otimismo fará com que tudo se transforme e seus dias se tornem mais agradáveis e felizes.

É prudente

LEMBRAR-SE DA PRECE nos momentos difíceis; a vigilância sem a prece perde o efeito em pouco tempo.

Evitar o fracasso, lutando contra a adversidade que insiste.

Não se render diante das dificuldades; somente aquele que luta poderá alimentar a esperança de vencer.

Conservar sempre o seu sorriso amável. Tristeza e desespero não resolvem as suas situações.

Estimular o próprio entusiasmo, levando sempre avante as tarefas de cada dia.

Compensar o próprio esforço com a tenacidade necessária ao sucesso dos planos traçados.

Receber os revezes da Vida com serenidade, na certeza de que amanhã será um novo dia.

Atualidades evangélicas

Não enterre os seus talentos; o Senhor pedirá contas deles algum dia.

A seara é grande, mas são poucos os obreiros.

Muitos serão os chamados e poucos os escolhidos.

O reino dos céus cresce dentro dos indivíduos como o grão de mostarda se desenvolve sobre a terra.

Não desmereça a sua crença, jurando em nome de Deus. Seja o seu falar: sim, sim e não, não.

Recorde-se das virgens sábias e das virgens loucas da parábola e abasteça de óleo a sua candeia, para que ela esteja acesa à chegada do esposo.

Proceda no Campo da Vida como o bom samaritano e cumpra o seu dever de fraternidade cristã, socorrendo os irmãos infortunados.

Não se esqueça da prece e da vigilância, porque a morte é certa, mas a hora é incerta.

Conclusões consoladoras

A MEDIUNIDADE É O MECANISMO que nos dá a certeza da Vida além da Morte.

O Espiritismo é a complementação do Cristianismo na era em que vivemos.

Toda a teoria complicada que o homem criou para desmoralizar os fatos mediúnicos cai fragorosamente pelo chão, diante de uma pequena mesa que se move sem qualquer impulso do plano material.

As reencarnações, por mais absurdas que pareçam, têm o mérito de esclarecer sabiamente a lucidez da Justiça Divina.

Explicar as diferenças sociais e humanas sem a Lei da Reencarnação é tarefa difícil para os sábios do mundo.

Todos os orbes são habitados por seres mais ou menos perfeitos ou imperfeitos, de acordo com o grau de adiantamento de cada núcleo. Na Casa do Pai não há cômodos vazios.

Alegria e felicidade são consequências irremovíveis de nossas atitudes anteriores. Todo efeito implica, necessariamente, a existência de uma causa.

Nosso futuro depende do modo como vivemos o presente. No tocante à Justiça Eterna, ninguém colhe sem semear.

A dor é necessária para a nossa evolução. A certeza, porém, de que um dia ela se acaba já constitui um forte motivo de alívio.

A adversidade estonteia, contudo, somente você poderá vencê-la se a enfrentar com decisão.

Caminho, verdade e vida

NÃO SE ESCANDALIZE com o infeliz que erra. Você já errou muitas vezes e, somente agora, pode ter adquirido um pouco mais de experiência.

Não creia que, fugindo das Leis humanas, tudo continuará correndo bem. Cedo ou tarde, você responderá por todos os seus atos do presente e do passado.

De que vale receber todas as honras da Terra, sem merecê-las? Tudo o que possuímos será reclamado um dia com juros e dividendos.

Procurar a própria felicidade, sacrificando a felicidade dos demais, é preparar os tormentos do porvir.

Suas faltas irão se tornando vícios à medida que a sua invigilância o associa às correntes inferiores.

Vive-se entre bons e maus Espíritos. A aproximação destes ou daqueles depende apenas do clima que você formar através dos pensamentos.

Por vezes, a tristeza sem motivos, que sentimos comumente, é o fardo espiritual que trazemos das faltas cometidas no passado.

O sofrimento é como o esmeril. Sem ele, dificilmente você conseguiria desgastar os seus recalques.

A felicidade ainda não é deste mundo. Trabalhe com ardor e, um dia, estarão superadas as suas provações.

Viva sempre corretamente, e os maus Espíritos não encontrarão, ao seu redor, atmosfera que lhes seja favorável.

O sangue derramado pelo Mestre não apaga os pecados de ninguém. Salva-se ou se condena, segundo se pratica ou se deixa de imitar os exemplos de Jesus.

No código divino, ninguém paga pelos outros. O que você semear hoje, amanhã terá para colher.

Quanto à crença

RESPEITE OS PRINCÍPIOS dos outros. Argumentos nunca faltam a ninguém.

Nunca discuta seus princípios religiosos. Todo crente sincero fundamenta sua fé no sentimento e não apenas no raciocínio.

Não despreze a crença alheia. Lembre-se de que elevados missionários aceitam constantemente a incumbência de encarnar-se nos mais variados ramos religiosos.

Se a sua crença é honesta, siga-a à risca.

De nada vale a religião sem o esforço do indivíduo.

Pratique sempre o bem. No Plano Espiritual, ninguém cogitará da sua crença aqui na Terra.

Seja sempre tolerante. Cada qual crê no que pode e não no que deveria acreditar.

Siga as normas de sua religião. Lembre-se, porém, de que tudo se encerra no amar a Deus e ao próximo, seja qual for o seu credo religioso.

Verdadeiro cristão é aquele que

Perdoa o que o apedreja.
Esquece o que o ofende.
Abraça o que o atraiçoa.
Sorri ao que o odeia.
Estima o que o maltrata.
Estimula o que o desanima.
Exalta o que o humilha.
Encoraja o que o diminui.
Fortalece o que o explora.
Alegra o que o aborrece.
Elogia o que o destrata.

Porque sabe perfeitamente que, nas existências do passado, todos nós já apedrejamos, ofendemos, atraiçoamos, odiamos, maltratamos, desanimamos, diminuímos, exploramos, aborrecemos e destratamos o nosso próximo, e Jesus, na sua bondade, libertou-nos, concedendo-nos as oportunidades necessárias para o refazimento do nosso Espírito eterno.

Esclarecimentos e agradecimentos

Duas palavras

Araras, 1951.

Insuflados pelo carinho do Alto, é com satisfação e prazer que trabalhamos, cheios de alegria e entusiasmo, dentro do setor para o qual fomos chamados, mercê da Bondade e Misericórdia Divinas. E os bons Espíritos amigos, incansáveis vanguardeiros do trabalho honesto e sincero, estimulam-nos e confortam sempre que necessitamos desse apoio consciente e, de certo modo, indispensável. Foi o que se deu, mais uma vez, em nossa última visita à maravilhosa cidade de Pedro Leopoldo, longínquo recanto das Alterosas, onde recebemos, através do conhecido e dedicado médium Francisco Cândido Xavier, as seguintes palavras encorajadoras do Espírito Carlos Paes de Barros, abnegado Mentor de Cima, que conosco compartilha o ideal que vimos realizando, graças à orientação esclarecida de Espíritos bondosos, na cidade de Araras:

"Irmão Lauro:

Deus conosco.

Prossigamos na obra do Sanatório*.

Ser-nos-á pouso abençoado ao serviço e à fé.

Amparando aqueles que o sofrimento desequilibrou, operaremos o reajuste de nossas almas. Auxiliando aos que padecem, colocar-nos-emos a coberto de novas vicissitudes. Consagrando o nosso tempo ao reerguimento dos infelizes, santificaremos as nossas horas no caminho da elevação espiritual. Melhorando as

---

*Atualmente, "Clínica Sayão". Instituição filantrópica voltada para atendimento na área da saúde mental, geriátrica, e dependência química, situada na cidade de Araras, São Paulo.

condições alheias, criamos novos valores para o nosso próprio aperfeiçoamento. Ajudando aos mais necessitados que nós, alcançaremos ricos celeiros de suprimento eterno. Balsamizando feridas, aprendemos a evitá-las em nós. Estendendo braços amigos, plantamos a fraternidade cristã, que um dia nos transportará aos Santuários Sublimes da Vida Mais Alta e, apoiando Espíritos transviados na direção do Divino Mestre, mais tarde, seremos recolhidos à companhia celeste.

Nosso Sanatório é a nossa oportunidade de subir com Jesus.

Sob o seu teto acolhedor, se reunirá velho grupo de peregrinos da Terra que a Bondade de Deus congrega, de novo, para a redenção suprema.

Lá dentro, além da paz e da alegria, haverá também muito suor, que nos experimentará cada dia.

Bem-aventurados, pois, todos aqueles que, dentro dele, souberem perseverar com o Evangelho até o fim.

Carlos Paes de Barros"

O material desta publicação, a que demos o nome de **"MEDITAÇÕES"**, foi elaborado em vários lugares e em diversas ocasiões, deixando a impressão de que Espíritos amigos nos transmitiam suas inspirações. Momentos houve em que a escrita se deu com tal espontaneidade que tive a impressão de não estar trabalhando com o meu próprio raciocínio. Noutras ocasiões, por mais que me esforçasse, não consegui escrever, nesse gênero, um pensamento apenas.

São observações, de cunho espiritualista, cuja autoria, por esse motivo, não posso dominar, uma vez que não dispendi, na sua elaboração, um esforço propriamente meu.

Muitas vezes, assentei-me, de lápis em punho, junto à mesa, desejando escrever alguma coisa que completasse o que eu já tinha escrito, sem contudo lograr qualquer efeito. Doutras vezes, inesperadamente, acorria-me a ideia de compor um ou mais desses breves capítulos. Nessas ocasiões, o lápis escrevia com alguma rapidez, e eu não tinha necessidade de preocupar-me com o que vinha a escrever. As ideias surgiam celeremente, sucedendo-se, de improviso, no mecanismo da consciência, como se um jato especial impulsionasse a elaboração do pensamento.

Serão mediúnicas essas breves reflexões cristãs? Eis a questão que não posso resolver.

Sirva este trabalho de consolo para quantos, como eu, sofrem as misérias do ciclo humano, e terá sido bem empregado o produto deste labor.

De qualquer maneira, escapa-me a ideia de dirigir quem quer que seja. Não me sinto em condições de dar conselhos a ninguém. Grandes são os meus defeitos, e não hesito em reconhecê-los. A esperança, porém, de que estou sendo impelido por impulsos exteriores, move-me a publicar esses trabalhos.

São raciocínios que me pareceram prudentes e que tentarei assimilar na certeza de que, praticando-os, proporcionarão, a meu espírito, oportunidades cristãs de ascensão.

Se algum valor moral existe nestes impressos, não me cabe analisar. Empenhados, contudo, como estamos, no trabalho para o hospital de alienados — Sanatório "Antonio Luiz Sayão" — que vimos ultimando na cidade de Araras, pareceu-me oportuna a publicação destes estudos. Creio que, em síntese, trarão mais benefícios que prejuízos a todos que os lerem.

Num dos últimos trabalhos de tiptologia, que realizamos semanalmente no C. E. João Batista, desta localidade, comunicando-se o elevado espírito de Eleutério, um dos incansáveis orientadores do Plano Espiritual, abordamos esse assunto. Instado para que se pronunciasse quando à elaboração das frases, contou-nos esse irmão ter sido o Espírito Luigi Santi Campo o autor das intuições. O que houver de bom e aproveitável deve ser, por isso, atribuído às entidades abnegadas e laboriosas que tentaram aproveitar os recursos, sempre falhos, do elemento material, na faina incessante de tudo fazer pela solução do grave Problema Humano. As imperfeições e as nugas que, por certo, são inúmeras, devem ser atribuídas à incipiência do órgão receptor que, apesar da boa vontade, nada pôde fazer além do que está feito.

Lauro Michielin[*]

(Jacques Garnier)

---

[*]Na época, Lauro Michielin usou o pseudônimo Jacques Garnier, por sugestão de alguns Espíritos em comunicações tiptológicas, sendo esta a razão de adotar o pseudônimo nesta obra.

Biografia

Oriundo de família católica, tendo estudado num colégio interno em Campinas, São Paulo, na sua adolescência, acabou por se tornar ateu, descrente dos dogmas com os quais ele não concordava sem uma fé que não fosse raciocinada.

Mas foi na Faculdade de Direito do Largo São Francisco que ele veio a tomar seu primeiro contato com o fenômeno e com as manifestações da Vida Espiritual. Na pensão onde residia, ao apagar a luz do quarto para dormir, Lauro Michielin escutou algumas pancadas nos móveis do aposento e ficou a imaginar de onde estas provinham... Acendeu a luz, e as pancadas cessaram. Feita a averiguação, nada encontrou. Apagou as luzes novamente e eis de volta as mesmas pancadas. Ocorreu-lhe, então, a suposição de que poderia ser um Espírito... Forte pancada, logo em seguida, pareceu confirmar a sua hipótese como se alguém estivesse lendo o seu pensamento. Se for um Espírito amigo, dê uma pancada; se for um Espírito inimigo, dê duas, pensou, então, Lauro Michielin. Nova pancada única respondeu sua indagação de forma animadora. E ele prosseguiu naquele diálogo investigativo de forma extremamente limitada, com perguntas na base do sim (uma pancada) e do não (duas pancadas).

A partir daí, tornou-se um estudioso e apaixonado pela doutrina espírita, sempre buscando investigar criteriosamente os fenômenos, mas sem esquecer da caridade como ponto principal da doutrina.

Já na cidade de Araras, realizou inúmeras viagens por vários pontos do Brasil em busca de apoio e patrocínio para a construção de uma instituição na área de saúde, que ajudasse os mais carentes. Com esse intento, desenvolveu um projeto arquitetônico de grande ousadia para a época e conseguiu inaugurar, com a ajuda de muitos, o Sanatório Espírita Antonio Luiz Sayão, entidade filantrópica, com capacidade inicial para mais de 700 leitos, tornando-se diretor da instituição que, até os dias atuais, desdobra-se em esforços para atender os mais carentes, sendo conhecida atualmente como Clínica Sayão, atuante na área de saúde mental, geriatria e dependência química.

Lauro Michielin, além de outras realizações, também foi ainda um dos membros da equipe responsável pela criação do Anuário Espírita, importante publicação de divulgação e registro histórico do Espiritismo.

O Anuário Espírita foi o ponto de partida para a criação do IDE - Instituto de Difusão Espírita, também na cidade de Araras, e que, até os dias de hoje, dedica--se à divulgação da doutrina espírita por todo o Brasil e em vários outros países.

Sua contribuição à divulgação da doutrina espírita esteve presente em muitas outras ações, dentre as quais, bela bibliografia doutrinária: Além das Fronteiras do Mundo, Rumo ao Infinito, Palestina no tempo de Jesus e Meditações.

Com outros companheiros, também editou a revista Libertação, já com característica de anualidade.

Além dos livros, Lauro Michielin deixou importantes imagens que foram filmadas em Uberaba, por ele próprio, uma pequenina parte do cotidiano do médium e amigo Francisco Cândido Xavier, e que, mais tarde, tornaram-se parte de um documentário histórico, editado por Oceano Vieira de Melo sob o título " Chico Xavier Inédito – de Pedro Leopoldo a Uberaba".

Lauro Michielin também foi um dos fundadores da Loja Maçônica Fraternidade Ararense, e pioneiro na divulgação do Esperanto.

Desencarnou no dia 24 de junho de 1975, com 55 anos de idade. Advogado e professor de sociologia, foi casado com a

Dra. Maria Aparecida Krepischi Michielin, companheira incansável de lutas pela divulgação da doutrina e implantação das obras, que deixaram, e sob a qual nos abrigamos, até os dias de hoje.

Fonte: autoresespiritasclassicos.com
Anuario espírita 1975.

ideeditora.com.br

Acesse e cadastre-se para receber
informações sobre nossos lançamentos.

twitter.com/ideeditora
facebook.com/ide.editora

IDE Editora é apenas um nome fantasia utilizado pelo INSTITUTO DE DIFUSÃO ESPÍRITA, entidade sem fins lucrativos, que promove extenso programa de assistência social, e que detém os direitos autorais desta obra.